THE MAGICAL UNICORN SOCIETY

THE GOLDEN UNICORN

SECRETS & LEGENDS

图书在版编目（CIP）数据

独角兽魔法传说 / （英）塞尔文·菲普斯 (Selwyn E. Phipps) 著；（英）艾奇 (Aitch)，（英）
奥纳·贝福特 (Oana Befort)，（英）瑞伊·里奇 (Rae Ritchie) 绘；王爽译 . -- 长沙：湖南文艺
出版社，2020.1（2023.11 重印）
（幻想家）
书名原文：THE MAGICAL UNICORN SOCIETY: THE GOLDEN UNICORN – SECRETS
& LEGENDS
ISBN 978-7-5404-9376-9

Ⅰ . ①独… Ⅱ . ①塞… ②艾… ③奥… ④瑞… ⑤王… Ⅲ . ①儿童故事 – 图画故事 – 英国 –
现代 Ⅳ . ① I561.85

中国版本图书馆 CIP 数据核字 (2019) 第 258360 号

幻想家

独角兽魔法传说
DUJIAOSHOU MOFA CHUANSHUO

著　者：〔英〕塞尔文·菲普斯　　　　　　　　译　者：王　爽
绘　者：〔英〕艾奇　〔英〕奥纳·贝福特　〔英〕瑞伊·里奇
出 版 人：陈新文　　　　　　　　　　　　　　责任编辑：吴　健
封面设计：〔英〕安吉·阿利森　韩　捷　　　　内文排版：韩　捷
出版发行：湖南文艺出版社（长沙市雨花区东二环一段 508 号　邮编：410014）
印　刷：长沙超峰印刷有限公司　　　　　　　开　本：710mm×1000mm 1/16
印　张：8　　　　　　　　　　　　　　　　字　数：50 千字
版　次：2020 年 1 月第 1 版　　　　　　　　印　次：2023 年 11 月第 2 次印刷
书　号：ISBN 978-7-5404-9376-9　　　　　　定　价：88.00 元

独角兽
魔法传说

〔英〕塞尔文·菲普斯 著　王 爽 译

〔英〕艾奇〔英〕奥纳·贝福特

〔英〕瑞伊·里奇 绘

湖南文艺出版社

目 录

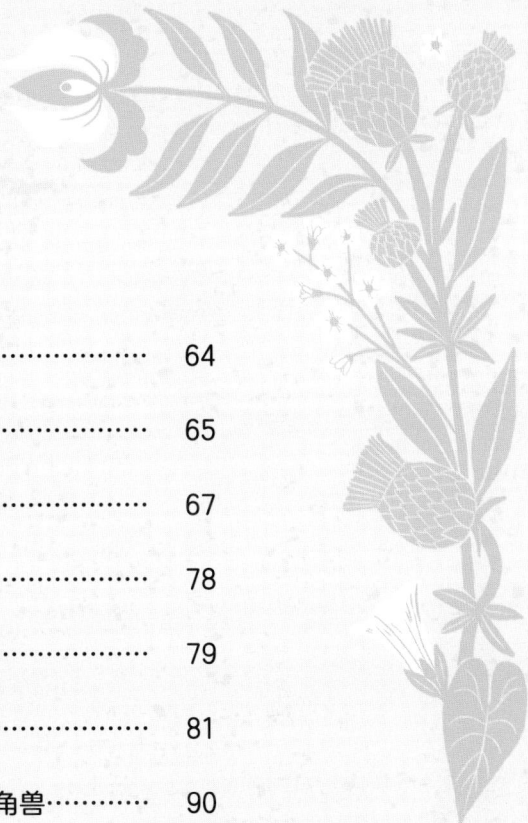

Est. 1577

欢 迎

独角兽爱好者们，你们好呀！

我叫塞尔文·菲普斯，我是魔法独角兽学会的现任主席。全世界热爱独角兽的人都聚集在本学会。我们在各个国家都有分支机构，并且已经有数百年的历史了。我们依然在不断学习有关独角兽的新知识，收集冒险者、探险家以及普通人遇到这种神奇动物的故事。

我很高兴地向各位介绍《独角兽魔法传说》这本书——其中收录了八个人类目击独角兽的故事，这些故事此前从未披露，我们在此与各位分享。每个故事都收录了很多细节，这些细节都是从我们伦敦总部的档案室里查阅到的，包括尘封的日记、书面报告、新闻剪报以及代代流传的传说的手抄本。在每个故事前面，我都附上了即将登场的这种独角兽的小档案，并记录了各位可敬的学会会员甚或传奇人物对这种魔法生物的目击报告。

这本书是对魔法独角兽学会诸会员工作的致敬。每当我们以为独角兽已经再无秘密的时候，就有人踏上大无畏的探索之旅，发现令人兴奋的全新知识，我们也为此惊喜不已。起初我们以为世界上只有七种独角兽，但是去年却发现了第八种，它就是晨曦精灵。我们一直严守这个秘密，在本书中方才第一次揭开。

任何人都有可能遇到独角兽——只要你做到了仔细观察、仔细凝听。为什么不加入魔法独角兽学会呢？本书末尾有加入学会的详细步骤。

希望你们能喜欢本书中每一个独角兽故事。能和你们分享这些故事，我真的非常激动！

魔法独角兽学会第 101 任主席　塞尔文

想知道历史上的秘闻和传说，

就坐好翻开下一页吧……

金独角兽

金独角兽是有史以来的第一种独角兽，
它诞生之时，世界上充满了魔法。

黄金犄角

柔顺纤细的
金色鬃毛

闪耀着魔法的光辉，
有隐身的能力

案例分析一：

汉娜·阿尔松和
雅各布·阿尔松

地点：挪威海灵格

时间：20 世纪中叶

会员身份：特别会员

塞尔文手记：

汉娜·阿尔松和雅各布·阿尔松是一对双胞胎，他们小时候就遇到过一头独角兽。他们亲爱的祖父给他们讲过许多独角兽的传说，两人被这些故事深深迷住了。

多亏了这两个勇敢的孩子，金独角兽的魔法才重新回到这个世界。但是直到多年以后，他们遇到了魔法独角兽学会的一个研究员，才意识到自己当初的经历有多重要。

金独角兽
回归世界

挪威冰雪覆盖的群山之间安然坐落着一个名叫海灵格的小镇，那里的冬天已经持续了数百年。石子路上覆盖着闪亮的冰霜，河流被完全冻住，像一条银色的蛇一样环绕着小镇。

住在这里的人们全年都穿着厚厚的外套，大家经常聚在屋里，围着噼啪作响的炉火，喝加了香料的热饮好让自己暖和。

谁也不知道小镇为什么会陷入无止境的严冬，但不少人都怀疑是魔法使然。严寒是在仲夏前夕降临的。第一场雪闪耀着金色和银色的光芒，风里卷挟着奇怪的能量。任何自然现象都不可能让冬季持续这么久。

"我觉得肯定是因为女巫，"汉娜自信地说道，"她们不是住在镇子上面的山里吗？"

"女巫？"雅各布笑起来，"你童话看太多了吧。"

"才没有呢。"汉娜坚持己见，"你记得吧，爷爷总说这里是有魔法的。如果你那么聪明，你说是怎么回事？"

雅各布也不知道。对海灵格的孩子们来说，冰、霜、雪是再自然不过的东西，他们不记得别的景象。绿草和盛夏只是他们在古书里看到的场景。

"独角兽？"雅各布耸耸肩猜测道。独角兽是本地另一类

传说，他们的爷爷很喜欢这些传说。他讲过世界各地各大独角兽家族的故事，以及它们各自有着怎样的魔法。

"你是说金独角兽和龙的故事吗？"汉娜问，"有可能吧。也有可能海灵格被诅咒了，只能承受恶劣的天气。"

双胞胎笑起来，他们快步走着，离开小镇，穿过树林。他们拖着雪橇朝山上走去。学校已经放假了，他们现在可以尽情地在新落下的积雪上玩耍。他们也会担心为什么海灵格永远都是持续不断的严冬。

过了一两分钟，雅各布拉住汉娜指着前方一棵积雪覆盖的大松树。

"别出声！"他悄声说，"那边——我觉得好像有东西。"

"是什么？"汉娜朝满是积雪的枝叶间望去，"独角兽？我什么都没看见。"

她突然间觉得自己脖子后面一阵刺麻的感觉，于是转身，发现是雅各布捧了一大把雪塞进她的外套后领里。

"喂！"她喊道。但是雅各布已经笑得直不起腰了。"我就知道你会干这种事。"

"是吗？"他答道，"我背对你的时候你不会这样整我吗？"

汉娜和雅各布总是这样互相开玩笑。但奇怪的是，他们总是发觉不了对方的恶作剧。他们的爷爷说，这是因为他们是双胞胎。他们之间有种特别的联系。

当他们还小的时候，爷爷给他们起了绰号：雅各布叫太阳，汉娜叫月亮。他说，太阳和月亮是天空中最重要的东西，就像这对双胞胎一样，而且它们之间也有着魔法的联系。爷爷在去世之前，制作了太阳和月亮的小挂饰。汉娜和雅各布非常珍惜这两个挂饰，他们每天都戴在身上。

双胞胎走出树林，爬上山坡。雅各布突然加快了速度。"最后一名是又老又丑的女巫。"他喊道。汉娜没办法，只能快速跟上——她才不愿意让雅各布赢呢。

雅各布拖着雪橇在山脊上飞跑。他停下来休息的时候，忽然发现汉娜不见了。他皱着眉头四下张望。

"汉娜？"他喊道。他的声音在寂静的山谷中回荡。"汉娜！别闹了！"但是没有回答。他觉得脖子后面有种奇怪的刺痒的感觉，不禁怀疑是汉娜又搞什么恶作剧了。他摸到衣服里的挂饰，那个小太阳变得很温热，并且在他指尖有节奏地轻微跳动着。他惊讶地抽了口气——这可从没发生过。

雅各布朝山下走了一段，回到他最后一次看见汉娜的地方，挂饰跳动得更厉害了。他往旁边走了一步，挂饰就不动了。

"真奇怪，"他低声说，"是要让我到某个地方去吗？"

于是他小心地顺着积雪的山坡往下走，他的挂饰有节奏地跳动着，像魔法指南针一样指引着他。雅各布由挂饰指引着，最终来到山边的一个岩洞里。他很奇怪自己此前居然从未发现这个洞。

他握着脖子上的太阳挂饰小心翼翼地往前走，很快看见一个熟悉的身影出现在昏暗的岩洞里——是汉娜！

"嘿，"他非但没有生气，反而松了口气，"你想进来逛逛也要先跟我说一声啊！"

"对不起，"汉娜小声说，"只是……我觉得好像有什么东西在拉我的项链，我必须跟着它……"

她掏出自己的月亮挂饰给雅各布看——它也发出神奇的亮光，也同样跳动着。

"真奇怪。就像是……魔法。"雅各布皱着眉头说。

"不是像魔法，"汉娜严肃地答道，同时睁大眼睛看着他，"这就是魔法。"

"那我们该怎么办？"雅各布问。

"我们就跟着挂饰走。"她说，"我在想，爷爷给我们这个一定是有原因的。"

雅各布严肃地点点头，然后他们一起向洞穴深处走去。洞顶挂满冰柱，洞壁晶莹的霜冻闪耀着彩虹般的光芒。他们跟着挂饰所指的方向穿过冰冻的通道，从滴水的冰柱下方走过。他们拐过一个弯时，忽然惊呆了，不禁接连后退——他们眼前竟然出现了一头冰做成的独角兽。

"那是什么？"雅各布简直不敢相信自己的眼睛。

双胞胎小心地走近了些。那座独角兽雕像傲然矗立，冰眼睛一动也不动。他们尽量靠近，发现在层层冰霜之下，这头独角兽正闪耀着金光。

"也许这并不是一个雕像？"汉娜悄声说，"也许就是爷爷故事里讲过的，真正的金独角兽？"

雅各布也不知道，但是他想起爷爷最喜欢的一个神话，也就是关于海灵格过去发生过什么的故事：

在很久以前，这里有两匹马，一匹是茶褐色的，一匹是银灰色的。它们住在充满魔法的美丽山谷里。很多生物都住在那里——有妖精和精灵，也有巨魔和地精。但严寒龙也住在那里，马儿们很怕严寒龙。龙会追赶它们，并会喷出冰焰火来，想要冻住它们。有一天，马儿们为了逃脱严寒龙的追赶，跳进了魔法瀑布，随即就变成了独角兽。

它们成了金独角兽和银独角兽，并在世界各地游荡。只要它们低头用长角碰碰地面，就会有一种新的独角兽出现。

七大独角兽家族就是这样诞生的。

不过金独角兽和银独角兽实在太难以捉摸，就连魔法独角兽学会——汉娜和雅各布的爷爷经常提到的一个研究独角兽的秘密学会——也没能找到它们。但是海灵格的人们知道一些魔法独角兽学会所不知道的事情：海灵格永远的严寒和金独角兽有关。

这两头独角兽有很多魔力，但在一个可怕的日子，它俩分开了。单独行动的话，它们的魔力会减弱，结果它们渐渐失去了隐身的能力。一头严寒龙发现了金独角兽，于是追逐着它一直来到位于极北之地的海灵格。虽然金独角兽竭尽全力想摆脱严寒龙，可是它变得太弱了，龙俯冲而下，用冰焰火击中了它。

独角兽挣扎着往前跑了几步，找到一个山洞作为庇护所，最终它抵不过严寒龙的冰冻魔法，变成了冰块。在最后时刻，它为了挣脱，施展出了最后一点魔法，这一点魔法恰好让整个海灵格都环绕在冰雪之中。按照双胞胎的爷爷的说法，这就是海灵格永远处于严冬的原因。他还说，只有两个有着特殊联系的人才能破解严寒龙的魔法，在此之前海灵格会一直被冰雪覆盖。

这两个人必须代表太阳和月亮的力量，就像金独角兽和银独角兽一样，在世界不同国家和地区的历史上，它们都代表着这两种力量。

"真奇怪，"汉娜摸着自己的挂饰低声说，"我们仿佛是注定要找到这头独角兽一样。"

"但我们该做些什么呢？"雅各布问。

"我们必须帮助它。"汉娜坚决地说。

他们想出一个计划。如果可以把独角兽搬到山洞外的开阔地，也许就能帮它挣脱冰层了？雅各布握住雪橇，他们一起用力准备将独角兽搬上去。但是他们很快发现这样不行——雪橇太小了，而且独角兽被牢牢地冻在地上。

"我真傻，"雅各布说，"我想这应该是魔法吧。不可能动得了的。"

但是汉娜忽然明白了："这是魔法，但是和银独角兽分开后就失灵了。我们要想办法让它恢复魔力。需要某种象征金独角兽和银独角兽曾紧密联系的东西。"

雅各布知道汉娜的想法：是挂饰。就像那两头独角兽一样，挂饰也象征着太阳和月亮，而且双胞胎之间也有着特殊的联系，就像独角兽一样。值得一试。

他们取下项链，慢慢地靠近独角兽，然后紧张地伸出手将挂饰挂在它的脖子上——就这样，他们碰到了独角兽。

这两个挂饰立刻咔哒一声并在一起，仿佛两块磁铁一样，随即发出金色的光。囚禁在冰层之中的独角兽的金光也变得更加神奇了。汉娜和雅各布蹲下来，捂住眼睛不去看那令人目眩的魔法光芒。

最终，光芒暗下来，独角兽不再是个雕像了，它变成了一个活生生的生物，它温和的呼吸在冰冷的空气中清晰可见。它后腿直立，仿佛是结束了长长的睡眠，正在伸懒腰呢。

接着它的蹄子踩过冰封的地面，朝着洞穴入口走去。

"快！"汉娜喊道。

双胞胎赶紧爬起来，跟着这头发光的动物跑向洞口。地面颤动起来，一阵舒适的暖意包围了他们。接着，积雪在他们眼前渐渐融化，这是一百年来都未曾发生过的。

双胞胎好奇地看着周围，绿色的草芽和鲜艳的花朵覆盖了整片山坡。在他们上空，碧空如洗，日正当中。

"好热！"雅各布笑起来，"真的很热。"他脱掉自己的厚外套，有生以来第一次感觉到温暖的阳光照在皮肤上。

在遥远的山下，金独角兽竖起耳朵——它听见了风里的声音。它突然抖了抖闪亮的鬃毛，雷鸣般地跑过阳光灿烂的草地，寻找自己的伙伴银独角兽去了。只剩下两个挂饰，一个金色的太阳，一个银色的月亮，躺在融雪的小水洼里。失踪多年的金独角兽就这样回来了。

金独角兽和银独角兽是最古老的独角兽，

它们分别代表太阳和月亮。

水中明月独角兽

这种独角兽住在水中或近水处。

它们保护遇险的水手，同时也代表着时间的奥秘。

水晶、蓝宝石
或珊瑚构成的角

在所有独角兽中，
它们的鬃毛
和尾巴最长

它们可以
在水上奔跑

案例分析二：

赛琳娜·弗洛罗斯

地点：希腊海岸和地中海

时间：18 世纪中叶

会员身份：学会传奇人物和英勇的独角兽目击者

塞尔文手记：

赛琳娜·弗洛罗斯，又名"居鲁士的伟大冒险家"，是一位来自希腊的水手，也是一位冒险家。有一次，她带领一支商船船队横穿地中海，那次航行给她带来了巨大的名声和财富。

然而赛琳娜不只是个商人，她还是一位热心寻找独角兽的人。当她还是个小女孩的时候，曾与神奇的水中明月独角兽有过一次戏剧性的邂逅。多亏有她，我们才知道有些水中明月独角兽也是会在白天出现的，以往我们一直以为这种独角兽只在夜间出现。

被海盗追逐

我从甲板上捡起一把剑，举过头顶。

海盗的武器迎头砍下，两者相击，发出铿锵有力的声音。

金属撞击声在空旷的天空下回荡，连波涛深处也听得见。

我竭尽全力抵挡住面前那个刀疤脸的莽汉，手臂上每一块肌肉都绷紧了，但是我知道自己已经快没力气了。

"抓住你了，你这个蠕动的耗子。"他喊道。

我咬紧牙关不退让。必须承认，事态对我不利，亏我还叫"居鲁士的伟大冒险家"呢。要是我不迅速采取行动，就会重复当初无数个水手的命运——像石头一样坠入大海，在海水的坟墓里永眠。

"别说大话，你这个藤壶脸的蠢货。"我骂了回去。

*

稍等一下，我说得太快了。我还没说清楚自己为什么会像个死鱼一样垂死挣扎地跟海盗打斗呢。让我从头说起……

*

我一直向往着冒险的生活。我父亲是个水手，我哥哥提奥也是个水手，所以我的血液中也流淌着海水。但是他们却

30

说水手的生活不适合我，因为我是女孩，当然，我决心证明他们是错的。

当时我住在居鲁士，那是希腊沿海的一个小港口城市。我每天早上都看到男人们扬帆远航，而我只能待在家里帮忙烤面包，照看院子里的鸡。每次提奥回来，他就会给我讲海上的故事。有用美妙歌声引诱水手的美人鱼，还有海神波塞冬掀起的大风暴。但我最喜欢的还是关于海中独角兽的故事。那是一种叫"水中明月"的独角兽，据说它们会帮助遇险的水手。

听了这么多神奇的故事，他们还指望我待在家里烤面包？我很快就确定了自己的心意——我厌倦了看着晾在绳子上的被单随风飞舞，假装它们是被风吹起的船帆。

该去进行我自己的冒险了。

一天清早，天还没亮，我悄悄溜出屋子，跟着提奥来到码头。我还记得那时空气十分凉爽，其中有柑橘的味道。因为那天有一艘装满橘子和柠檬的船出海，人们正忙着装货。我之前上过哥哥的船，所以我知道怎样悄悄溜到船上。我蹑手蹑脚地躲过闹哄哄的水手，藏在货箱之间一个满是皮革气味的洞里。

最终，大船嘎吱一声，仿佛活了起来，我担忧又激动地看着陆地和我的家渐渐远去。

几小时后，我知道我们已经离岸很远不可能回去了，我的腿也僵了，于是从藏身之处爬出来。提奥看到我简直快气死了，他要求船长掉头返航。但是我的运气不错，那位船长是个送货从不迟到的人，他拒绝返回港口。

"不如我们让她干活吧。"船长大声说，"要是她那么想当水手，就去瞭望台吧。"

就这样，我不顾提奥的反对和船员的嘲笑，赶在船长改变主意之前迅速爬上桅杆瞭望台。

我终于觉得自己像是个水手了。

不过我没料到危险来得那么快。我朝着地平线瞭望了几个小时，忽然看到远处有些不对劲的东西。那是一艘船，和我们的船差不多大，正快速朝我们驶来。

我眯起眼睛遮住阳光。船越来越近，我仔细看着，吓得全身冰冷：那船的桅杆上挂着一面黑旗。

我以最快的速度向下面甲板上的人发出警告。

"海盗！"我喊道，"左舷方向有海盗！"

那些人一时间似乎都呆住了，他们不愿相信，或者说无法相信眼前这个瘦巴巴的小姑娘。船长抽身来看了一下，立刻下达命令，甲板上众人马上行动起来。他们挂了满帆，大船加速冲过波浪。

可是为时已晚。

海盗没过多久就靠近了，他们和我们并排行驶。我恐惧地看着他们邋遢的胡子和瘦削的脸。有些人还挥舞着剑，另一些人则满嘴脏话。

船长命令手下走卡尔德拉航线。听到这话，有些人发出沮丧的喊声。有些还威胁说要暴动，可是船长的态度非常坚决。

"你们这些蠢货！"他骂道，"不听我的命令，就跟海盗一起去海底躺着吧！"

大家都不说话了。

我很快就明白船员们为什么都忧心忡忡了。卡尔德拉航线是沿着海岸，在波涛汹涌的礁石之间行驶，那些礁石就像波塞冬扭曲的利齿一样矗立在水面。在这样的水面航行真的太冒险了。

但不管怎么说，船还是在破浪前行，我们乘着顺风经过了第一块岩石，海盗紧跟在我们身后。海上满是回旋的乱流。第二块礁石又出现在我们面前，它比第一块还要大。我们被汹涌的海水和嶙峋的怪石夹在中间，一边会像饥饿的海兽一样吞了我们，一边会让我们船毁人亡。

海盗也追了上来，有些海盗甚至跳到我们船上。他们立刻和船员打了起来，金属的碰撞声无处不在。船身剧烈抖动，我摔倒在甲板上。当我抬头的时候，发现一个臭烘烘的海盗正凶恶地站在我旁边。

我立刻捡起甲板上的剑和他打起来。他比我强壮得多，但是我更敏捷灵活。我扭转剑身让他失去平衡，他晃了几下跪倒在地，我抓住机会把他推下船。

"你活该，臭海盗！"我喊道。

可是他还不肯放弃，趁着掉下船的瞬间抓住我的脚踝，把我也拉了下去。

我掉进海里不断下沉，天空的光芒迅速变暗。我不知道提奥怎么样了，也不知道船员和别的海盗怎么样了。我只知道海水涌动，寒意渗入我的骨头。

我绝望地挣扎着想游回水面，但忽然发现水中还有别的东西。在我正前方出现了哥哥经常说的那个东西——水中明月独角兽，水手的守护者，海中魔法最强的生物。而且不

止一头，有很多头。它们大小不同，色彩各异——有鲜亮的青绿色，有深蓝色，有海浪泡沫一样的白色，也有珊瑚般的粉色。我听说它们只出现在月光中，那显然是错的。

一头粉红色的独角兽优雅地朝我游过来，它有着珊瑚的角。我当时正努力想吸口气，当独角兽靠近的时候，魔法包围了我，我置身于一个巨大的气泡中，终于能呼吸了。在前面不远处我看到了提奥，他也在魔法的气泡里微笑。我高兴极了。这就像是过去水手们讲的传奇故事突然变成了现实。我骑在粉色独角兽的背上，紧紧抓住它的鬃毛。

海水闪耀着美丽的彩色光芒，海草都在发光，鱼群如同巨大的万花筒。能误入这些美丽生物的家园，我们真是太幸运了。

但是很快，我就浮出了水面。周围一片混乱，获救的水手爬回船上，独角兽在波浪中随我们一起奔跑。等它们确定我们安全之后，就嘶叫几声，消失在大海的波涛中。

而那些海盗呢，他们的船被参差的礁石撞得粉碎，那些人绝望地朝附近的海岸游去。虽然他们不配得救，可是水中明月独角兽还是把海盗们救起来了。

尽管被海盗追赶，我们最终还是将货物及时送到，船长对此十分满意。我们永远不会忘记这一天遇到独角兽的经历。船员们神秘地说起卡尔德拉航线上的奇怪魔法。有一天早上，我醒来后发现船首雕像变成了独角兽的头——肯定是哪个船员夜里做的，为了给我们带来更多好运吧。

至于我自己呢，这次冒险之后再也没人能阻止我出海航行了。十三年来，我一直率领船队在地中海上航行，我成了"居鲁士的伟大冒险家"。在当船长期间，我多次见过水中明月独角兽，现在我将这些温柔生物的知识记录下来，同时也让我的故事流传下去。不管是谁读到这个故事，我希望他都能找到水中明月独角兽，并且拥有属于自己的冒险。

暗夜之影独角兽

这种超凡脱俗的独角兽由纯粹的魔法构成。
它们在精神世界、梦境世界和现实世界之间穿梭。

它们的角是
黑色的缟玛瑙

鬃毛是银色的，黑色的
皮毛上点缀着星光

暗夜之影独角兽
代表睡眠和
梦的力量

案例分析三：

亚瑟·西姆斯

地点：伦敦皇家阿尔伯特音乐厅

事件：19 世纪末

会员身份：梦想家和梦见独角兽的人

塞尔文手记：

在学会有时候我们自己也不知道会在什么地方发现关于独角兽的故事。这一系列新闻报道是在我们自己的档案室里发现的。其中讲了"翻筋斗阿提"的故事，当时他是世界上最有名的杂技演员。

但是能让新闻报纸感兴趣的可不光是杂技而已——他遇到了暗夜之影独角兽，而且还挽救了维多利亚女王的登基五十周年庆典！

煤气灯下的奔跑

1887 年 6 月 16 日——为女王而来

这条消息定能让《伦敦纪事报》的各位读者非常高兴：亚瑟·西姆斯大师，也就是我们熟知的"翻筋斗阿提"回到了自己出生的城市，并将为各位献上特别的节日演出。

西姆斯先生本来是在北美巡演，不过维多利亚女王邀请他为登基五十周年庆典演出，他怎么可能拒绝呢？

西姆斯先生的剧团正是大名鼎鼎的"惊险飞人"，他们将于本月 20 日在皇家阿尔伯特音乐厅参加庆典，一同演出的还有大魔术师"神秘罗德里克"，以及世界闻名的小丑彭戈和提布斯。

西姆斯先生穿着时髦的三件套西装，梳着潇洒的大背头，不过由于长途跋涉显得有些劳累，他说：

"我爱伦敦，世界上再没有像伦敦一样的城市。能在女王陛下面前演出是我至高无上的荣誉。但是请各位原谅，我必须先去进行日常训练了。"

不过我们要在此告知各位读者，演出不对一般公众开放，因为女王的人身安全高于一切。少数抽选票将通过彩票方式抽取。当然，本报也会为您提供一个前排座位以欣赏这场精彩绝伦的演出。

1887 年 6 月 17 日——不法之徒接近女王

维多利亚女王又一次被盗贼袭击。据信，女王陛下在考文特花园歌剧院时，一个不法之徒乔装成工作人员意图盗取女王佩戴的珠宝。

令人欣慰的是，女王的侍女十分敏锐且勇敢，她阻止了歹徒行窃。因为她不认识那个所谓的仆人，而且知道女王不可能在如此重要的社交场合携带新来的随从。所以她立刻叫来警察，而此时罪犯却逃跑了。很遗憾，尽管那位女士提供了很详细的描述，但是警官们依然没能抓到嫌疑人。

五十周年庆典将近，《伦敦纪事报》不禁担忧或许还有更重大的阴谋正在酝酿中。难道警察就眼睁睁地看着女王不断地被不法之徒冒犯吗？必须立刻采取果断行动！

1887 年 6 月 18 日——翻筋斗意外失手

本报记者应邀于今早参观"翻筋斗阿提"携"惊险飞人"为五十周年庆典进行的彩排表演。真是令人大饱眼福！那些优雅的绅士淑女俨然无视重力一般从空中飞过，不禁让人相信他们必定是飞行的精灵仙子。

但不幸的是，女王最中意的"翻筋斗阿提"似乎状态欠佳。他从空中荡过去练习自己最新的惊险动作时，惊呼一声落到了地上，所幸没受重伤。当我们上前帮他的时候，他说：

"我又看到它了！那匹黑色的马还长着一根长矛似的角。不管我醒着还是做梦，我去任何地方它都跟着我。看到这样的幻觉说明我大事不好了吧？"

别的演员围上来把他扶起，我们注意到他前额上满是汗水，表情也有些奇怪的扭曲。看样子似乎是一个噩梦跟随他来到了现实中，因为表演大厅里其他人都没有看到那匹黑色的马，这不是演出效果。

"惊险飞人"剧团里新来的一个少年加夫斯顿的一席话让人震惊，他暗示说，此前也发生过类似的状况。

"阿提大师经常会看到一些幻景。主要是一匹大黑马，仿佛战场上的战马一样。但他看到的马头上长着一只角。晚上他会梦见那匹马，白天马也缠着他，所以他老是精神不集中。剧团的人都很担心，万一轮到他在半空中接住我们的时候，恰好又看到了那匹马可怎么办？"

1887 年 6 月 19 日——在繁星之间

五十周年庆典演出将于明天夜里举行，我们在此为您带来有关杂技大师亚瑟·西姆斯健康状况的独家报道。

根据加夫斯顿的说法，西姆斯先生依然被有关独角大黑马的幻觉困扰着。但是最近他梦见了女王本人，以及另一个被他描述为"皱眉、长腿，如蜘蛛一样的可疑人士"。

西姆斯将这些事情告诉了一位名叫"象形文字女士"的神秘主义者，这位女士也是剧团成员。据本报记者了解，这位象形文字女士算命极准，全靠她的帮助，西姆斯先生才明白了这些令人困扰的梦和幻象究竟有何意义。在西姆斯先生咨询期间，加夫斯顿显然去贴在窗户上偷听了，他听到的内容如下：

"阿提，你陷入了深深的魔法之中，"象形文字女士说，"你在梦中看到的动物是一头独角兽。但这不是你经常在盔甲斗篷上见到的那种独角兽。这是极为黑暗神秘的一种。它们叫作'暗夜之影'。传说它们可以穿过梦境来到现实中传递消息或警示危险。不要害怕，阿提。察觉到暗夜之影的人都是勇敢的，都能顺利渡过危机。不管独角兽想告诉你什么，都要仔细听！"

1887 年 6 月 21 日——盛大的夜晚

《伦敦纪事报》众同僚几乎都不敢相信昨夜在五十周年庆典演出上发生的一切，但我们还是必须告知各位读者。事情看起来虽然难以置信，但是在场的每个人都可以发誓保证那是真的。我们的记者记录下了自己的见闻：

在万众期待中，夜间演出开始了。空气中洋溢着兴奋的情绪，音乐厅挤满了人。一个全副武装的卫兵在入口处执勤，每个人都必须经过严格的检查才能进入。女王陛下于七点入座，她头戴一顶闪耀的钻石冠冕，这顶冠冕此前从未在公共场合展示过。公众认为，这一举动意在显示她没有被最近那个偷袭的窃贼吓倒。

乐队奏乐，演出开场。女王陛下饶有兴趣地观看魔术和小丑表演。很快就轮到"惊险飞人"剧团演出他们的绝技了。

"翻筋斗阿提"和他的搭档加夫斯顿荡起秋千。加夫斯顿松手的时候，观众们惊呼起来，不过阿提在最后时刻抓住了他——然后把他向后抛去，引起又一阵高声惊呼。加夫斯顿轻松抓住他的秋千，阿提也抓住自己的秋千，观众们松了口气，在惊叹中鼓掌。

阿提朝观众微笑，一切看起来都很顺利。但是接下来，阿提脸上的微笑消失了，他喊道："黑色独角兽——我看见了，它在呼唤我！"

乐队安静下来。亚瑟·西姆斯颤抖着伸出手指，皇家阿尔伯特音乐厅所有人都跟随他的视线。有些人看到了那头独角兽，它像风中的乌云一样跑过，也有些人什么也没看见。但不管怎么说，音乐厅里一片恐慌。阿提忽然转身直接指向维多利亚女王本人。在女王所在的位置，有个四肢瘦长、眼神凶狠的人吊在一根绳子上从天花板上降下来。聚光灯一齐转向他，他正要去盗窃女王的钻石冠冕。

要是阿提·西姆斯不在的话，谁知道会发生什么呢？或许有其他人看到，但他们会觉得犹豫、疑惑，阿提·西姆斯却没有。他接受了独角兽的警告，竭尽全力荡起秋千，高喊一声从空中飞过，整个大厅里都回荡着那声音。他荡到适当的位置时，就松开秋千勇敢地一跳，在空中翻滚几下，抓住那个窃贼，把他从绳子上拽了下去。

他们两个像石头一样落在地板上，阿提·西姆斯把窃贼打倒在地。女王的随从迅速保护她，免得她看见两个人在王室包厢里拳脚相加地打架。那人像个黄鼠狼一样扭动着想要逃跑，但阿提抓住了他。警察也迅速赶到，给那人戴上了手铐。

音乐厅里所有人起立向阿提·西姆斯喝彩，这个夜晚再也不会有更精彩的表演了。而那个胆敢冒犯女王的人已被关进了地牢。演出结束了，女王陛下亲自看望众位演员表示感谢，阿提·西姆斯得到了一枚特别勋章。看来是暗夜之影独角兽，那只如黑色的梦一样的善良的动物，来到伦敦帮我们避免了一场大灾难。亲爱的读者们，我们要一直心存感激哦。

丛林之花
独角兽治愈并
保护你我。

暗夜之影
独角兽出现
在梦中。

丛林之花独角兽

这种独角兽温柔而和蔼。

它们的鬃毛和尾巴里长着魔法花朵，这些花朵让它们有了治愈的力量。

螺旋状的角

它们是热爱自然
的独角兽

丛林之花独角兽

可以和其他动物及人类

产生心灵感应

鬃毛和尾巴里

长着花朵

案例分析四：

莉奇·埃尔姆斯

地点：美国纽约曼哈顿

时间：现代

会员身份：社会人士，目击并记录独角兽的人

塞尔文手记：

城市里很少见到独角兽，繁华大都市里更是难得一见。莉奇·埃尔姆斯在十二岁的时候，发现中央公园里有个充满魔法的角落，丛林之花独角兽在那里自由走动。

莉奇非常喜欢野外，也喜欢各种动物，丛林之花独角兽能从人类身上感受到这种喜爱之情。她遇到独角兽之后，将此事告诉了魔法独角兽学会在美国的所有分支机构，这样他们就能随时监视这些独角兽，确保它们不受伤害了。

中央公园的独角兽

莉奇·埃尔姆斯找到她在中央公园里最喜欢的那棵树———一棵很大的老橡树，然后坐在树下，树枝遮住了午后的阳光。她从背包里拿出一本从图书馆借来的书，然后舔了一口从路边餐车上买来的大块椒盐卷饼。

在闪亮的摩天大楼的环绕下，中央公园俨然是熙熙攘攘的纽约市中心的一块绿洲。莉奇喜欢放学后到这里来——尤其喜欢春天的时候来，每到春季，生机勃勃的黄水仙就在草丛中盛开，连片粉红的花朵在枝头盛放，让树看起来好像棉花糖一样。

一只鸟飞过她的头顶，明亮的红色羽毛吸引了她的目光。"是主红雀！"莉奇叫起来。她掏出笔记本记下自己在公园里看到的又一种动物。过去几周以来，她已经看到了金花鼠、臭鼬、土拨鼠和各种鸟类。

她靠在树上打开书——这是一本描述魔法生物及其栖息地的书。她一边嚼着椒盐卷饼，一边听椋鸟叽叽喳喳叫。莉奇读到了灵魂猫头鹰的故事，它会保护夜间出没的生物；还读到了银松鼠的故事，它会照顾树木；以及森林卫兵，一种会保护树林安全的狐狸。她最喜欢的还是丛林之花——一种有着治愈力量的特殊独角兽。

她从书中抬起头，发现一只松鼠亮晶晶的小眼睛正好奇地看着她。"嗨，过来吧，小松鼠。"莉奇轻声说。松鼠皱皱鼻子没有跑掉。动物们都信任莉奇，它们仿佛能感觉到莉奇深爱动物。

你们真能施展魔法就好了，莉奇心想。她把最后一块椒盐卷饼丢给了可爱的松鼠。

莉奇注意到自己快迟到了，便噌地站起来。她把书塞进背包赶紧走了，路上看到巧克力棒包装纸、薯条包装盒和塑料饮料瓶，于是停下脚步把这些都丢进垃圾桶里。莉奇讨厌垃圾，尤其不喜欢在中央公园这么美丽的地方看到垃圾。

莉奇上气不接下气地跑到了中央公园社区花园，一个穿着粗布工作服和园艺木屐的老太太招呼道："嗨，莉奇！"

"嗨，简，"莉奇喘着气回答，"今天需要我做什么？"简是园丁的主管，也是莉奇妈妈最好的朋友。她教导莉奇在社区花园做义工，还把自己知道的所有关于花花草草的知识都教给了莉奇。

"嗯，"简说着擦擦眉毛，在前额上留下一条脏兮兮的泥巴痕迹，"要做的事情太多了，我都不知道从哪里开始才好。我们还是先给蝴蝶花园除草吧。"

去年夏天，莉奇帮简设计了一座特殊的花园，专门用花朵吸引各种传粉的昆虫。她们种了薰衣草、蜀葵，还有薄荷、

鼠尾草之类的芳香草药，希望这些香甜美丽的植物能吸引蜜蜂和蝴蝶。但是现在这座花园看起来乱糟糟的，没有一只昆虫飞来。

莉奇戴上园艺手套，跪在花床边开始工作。她把旋花类植物挖起来，把黏糊糊的藤蔓拔掉。

"这是杂草吗？"她用铲子指着一棵多刺的植物。

"不是，"简摇头道，"这是一株蓟草，只是还没有开花。恐怕这座蝴蝶花园长得不好。"

"唉！"莉奇捡起一个放汽水用的塑料杯座，这个杯座已经缠在枝条之间了。

简从工具背带上取下一把钳子，剪断塑料环。"这些很危险——它们会缠住鸟类和小兽。"

莉奇一想到动物可能受伤，心里不禁一阵难受。"这些垃圾都对植物不好。"她难过地从花床里捡起一个塑料袋。

她真希望书中的魔法生物都是真的。如果它们真的存在，它们就能让蝴蝶花园恢复生机了。

她给花床除完草之后，又给菜地浇了水，现在她该
回家了。但是在走之前，她看到一只金银两色的蝴蝶
凭空出现。莉奇笑了，至少这个花园里还有一只蝴蝶。

"再见！"她向简告别之后就穿过树林走了。

简也说："再见，莉奇。代我向你妈妈问好。"

莉奇穿过树林，傍晚的阳光从树叶之间照下来。莉奇听见
很远处传来交通高峰期车子的喇叭声。突然，那只金银两
色的蝴蝶又出现了。动物们都喜欢她，可是这只蝴蝶似乎
很想引起她的注意。

"你想做什么呢，蝴蝶先生？"莉奇笑着说。

蝴蝶像是回答一样停在一根树枝上。莉奇伸手去摸，但立
马往后一跳。

"哎呀！"她一低头，看见自己的手居然流血了。她被树
枝的刺刺中了。她抬起头，看到那只蝴蝶飞向树叶深处，

从这片叶子飞到那片叶子。

"喂！"她喊道，"你该提醒我小心尖刺啊！"

她说话时，有什么东西悄无声息地从茂密的灌木丛后面走出来。莉奇倒吸一口冷气。那个生物有着柔软光滑的棕色皮毛，正骄傲地站着。蝴蝶就这么把她引到了这个生物面前。

那动物用聪慧的巧克力色的眼睛看着莉奇，同时慢慢朝她走去。莉奇看到它的鬃毛之间长着红色的玫瑰和其他各种魔法花朵。

这是一头独角兽！

独角兽低下头，莉奇不禁全身发抖。一片花瓣从它的鬃毛里落下，落入她的手中，她手上的伤口立刻痊愈了。莉奇满心感激，她伸手轻轻摸了摸独角兽丝绸般光滑的棕色皮毛。它和那本图书馆读物里的丛林之花独角兽一模一样。

独角兽低头走进树林深处，它心形的蹄子无声无息地踩在长满青苔的地上。莉奇跟在后面，她想看看这头魔法生物到底要去哪里。

独角兽带她来到公园一个偏远的角落里，这个角落仿佛充满魔法。空气在他们周围闪耀延伸，仿佛一个巨大的肥皂泡，然后——噗！——他们突然穿过了肥皂泡。莉奇惊讶地眨着眼睛，发现自己置身于一个前所未见的美丽花园里。

玫瑰构成了花园的边缘拱顶，那些花朵拥有人所能想象的全部色彩，空气中充满甜蜜的芬芳。灌木丛有小鸟的形状，有心形，花床里开满色彩斑斓的鲜花——有大丽花、飞燕草、三色堇和矮牵牛。还有莉奇见所未见的彩虹色花瓣的花朵。在花园正中心，大型睡莲漂在水池中，独角兽正在塘边喝水。

别的独角兽正忙着照顾植物。一头独角兽用自己的角碰了碰灌木，蓝色的喇叭状花朵立刻盛开。另一头独角兽用蹄子扒了扒地面，土地里立刻长出了鲜红色叶子的藤蔓。

莉奇的独角兽带她参观了整个花园，花园里的熊果灌木结出了鲜红多汁的果实，兰花生机勃勃，龙舌兰仿佛矛一样。她认出了书上所有的魔法生物：所有植物都是独角兽爱吃的。整个下午，莉奇都跟着丛林之花独角兽修剪照料植物，独角兽非常仔细地护理花园中的花草树木。

"你们真幸运，"莉奇说，"魔法让你们的花园变得这么美丽。"

让我们的花园变得繁荣的不只是魔法，丛林之花独角兽回答。还有我们齐心协力的照料。

莉奇很惊讶。独角兽居然直接在她脑海中说话！她希望自己能在这里多待一会儿，但是太阳西沉了，她知道要是不回家妈妈会着急的。"我该走了，"她犹豫地说，"谢谢你给了我一个充满魔法的下午。"

我们也感谢你的帮助，莉奇，丛林之花独角兽回答。它摇摇头，鬃毛里的花籽落入莉奇手中。为了报答你，我希望这些种子能给你的花园带去一些魔法……

两周后，在社区花园入口处挂出了一条横幅："开放参观，欢迎光临！"志愿者们忙着捡垃圾、浇花、给菜地松土。

"举办开放参观日真是个好主意啊。"一个人推着装满肥料的手推车路过。

"都是莉奇的主意。"简说。

不全是，莉奇心想。是丛林之花独角兽给了她这个灵感。
那天她和丛林之花独角兽告别之后，莉奇悄悄地把魔法种
子撒进社区花园里。种子一夜之间就发芽长大了，五颜六
色的花朵竞相开放，园丁都从未见过这样的花朵。蜜蜂在
花丛中嗡嗡飞舞采集花粉，蝴蝶在空中飞来飞去，它们的
翅膀和黄色及橙色的金盏花十分相称。中央公园社区花园
繁花盛开，今天很多人都来当志愿者，想让花园永远保持
繁茂。

"哇！"简骄傲地看着花园，"团队合作真是成绩斐然啊。"

莉奇看着那片树林，觉得自己仿佛看到了一只螺旋状的角
从树丛中伸出来。是它！她这样想着，不禁偷偷笑了起来。
团队合作……这也是独角兽的一点魔法！

冰原游侠独角兽

冰原游侠独角兽住在寒带。

它们可以利用魔法的光芒跨越遥远的距离互相联系。

白色的皮毛

闪耀着魔法光芒

角由冰或

珍珠构成

冰原游侠独角兽

代表耐性和韧性

案例分析五：

丽娜·鲍尔

地点：奥地利阿尔卑斯地区

时间：14 世纪

会员身份：历史人物和重要目击证人

塞尔文手记：

丽娜·鲍尔留下了有关冰原游侠独角兽的
最早记载。她的日记在家族中代代相传，
直到最近我们才看到。

很多人认为冰原游侠独角兽只住在极地，
但是我们现在知道它们也曾在最高的山顶
上生活——这是很惊人的发现。

独角兽
大逃亡

5 日，星期二——南部山区

今天早晨，我穿上最厚的靴子，离开营地去寻找冰原游侠独角兽。山脚下天气晴朗温暖，但我知道到了高处气候会变得严酷。

有传闻说阿尔卑斯山冰封的山顶上住着独角兽。在山间穿行的牧羊人和勇敢的旅行者都知道它们强大而勇敢。他们说那些独角兽有着珍珠质地的长角，不畏寒冷，力量堪比十匹马，还能跨越遥远的距离通信。将军认为这些独角兽能成为部队里重要的战斗力。

我不喜欢在库鲁姆将军的山区部队里当侦察兵，但是生在阿尔特豪斯也没有别的选择了。库鲁姆的堡垒矗立在高高的山坡上，他就是从这里以铁腕手段控制整个南部山区的。每个人都要为堡垒服务，更重要的是将军掌握了权力，变得越来越肥胖、贪婪、刻薄。

昨天他朝我吼道："丽娜，你这种生在山区的乡里姑娘肯定知道去哪里才能找到冰原游侠独角兽。给我找来。"

我简单地回答："是，长官！"很显然我没有别的选择。
今天，虽然山麓一带已经变得温暖，绿草如茵，但是在高处却依然寒风刺骨，到处都结着冰。我咒骂着库鲁姆将军。现在我已经扎营准备过夜了，就我一个人，裹着羊皮坐在火边，我希望能记录到这种神秘的生物。

6 日，星期三——冰上行动

今早醒来的时候我眼皮上结着霜。天气也变坏了，大片大片的雪花落下来。火早就灭了，我在原地蹦跳取暖——跳着很蹩脚的本地击鞋舞。一只山羊好奇地看着我，仿佛我疯了似的。作为一天的开始，这可真是又冷又奇怪，不过稍后也许会发生一些激动人心的事情吧。

我找到一条尚未结冰的小河喝了些水，又在河里洗了脸让自己清醒。这时候我注意到河岸上长着一簇银色的花朵而且被啃了一半，我知道自己找对了方向。有可靠消息说，这种坚韧的冬季植物是冰原游侠独角兽最喜欢的食物。

我顺着小河往山上走，空气变得越发稀薄，往山下看让我感到一阵头晕。即使我是个"山里姑娘"，这种高度也让我觉得很辛苦。我继续沿着结冰的山坡往上走，头顶的天空中闪耀着粉色和黄色的光芒。我听说过这种事但是从未见过：冰原游侠独角兽的魔法。

我闯入了独角兽的聚会。它们就站在我面前，互相触碰长角以

示欢迎，同时跺着脚，跺脚时山就动摇起来。现在我知道为什么有人说它们会意外制造出雪崩了。我被它们珍珠般美丽的白色皮毛迷住了，粉黄两色的魔法光芒也随着它们如波涛般飘舞，仿佛温泉的蒸汽一样包围着它们。

唯一的问题是，我必须把自己的发现告知库鲁姆将军。我知道他会高兴，但是在内心深处，我觉得我不该告诉他。

7日，星期四——阿尔特豪斯的地牢

如我所料，库鲁姆听到这个消息眼睛一亮。

"终于找到了！"他喊道，"它们是我的了。我的部队里有了冰原游侠独角兽，就可以无往不胜，征服整座山谷了。阿尔特豪斯只是个开始。接下来我们要朝着索菲娅女王的城堡进发，最终我要成为山地之王。"

不过我没有料到的是，我居然会在阿尔特豪斯的地牢里写这番话。我还是从头说起吧……

那天早晨我沿原路返回下了山，把发现的情况报告给库鲁姆，整个阿尔特豪斯便变成了一座忙碌的蜂巢。不能浪费时间了。大家备好马匹，穿上锁子甲或盔甲，高高竖起旗帜准备出发。我们在几个小时之内就爬上山坡，朝着独角兽聚集的地方进发。

库鲁姆领头，他那匹可怜的马不仅要承受重压，而且一旦速度稍慢就会被鞭打。将军高兴得脸都扭曲了，但是其他人都紧张不安。骑马到山上如此高的地方是很危险的。而且那些人知道，如果他们没抓住独角兽，没有让独角兽服从库鲁姆的意志，他们自己就会受到惩罚。任何人都不愿余生被关在阿尔特豪斯冰冷的地牢里。我该明白的。

骑马爬山速度快得多。我和另一个士兵共骑一匹马，我紧紧靠在他身后，这个位置能看到陡峭的山崖下面的情景，所以格外恐怖。那个士兵穿着厚厚的盔甲，佩着一把吓人的剑，他的鞍袋里还装着粗绳子做成的网。我不禁同情起那些美丽的独角兽，它们就要成为库鲁姆军队里的战马了。

在我的指引下，库鲁姆一伙很快就找到了长着美丽银色花朵的小河，也找到了在河边进食的独角兽。

"我的天哪！"库鲁姆惊呼。他手下好些人也惊叹起来。他们都听说过独角兽的传说，却从未想过能亲眼见到这些神奇的生物。"它们绝对是最好的武器，肯定是的。"

"它们不是为了打斗而生的。"我小声反对。

独角兽敏感且神经质，却也很勇敢。它们见到军队之后，其中一头开始跺脚，山地便颤动起来。库鲁姆命令部队前进。我们从侧面前行，但是还不等我们靠近，独角兽就飞速跑开了。

"你们这些石头人，追啊！"库鲁姆喊道，"给我抓住它们，否则你们永远别想从地牢里出来！"

我们追了上去。一时间蹄子敲击地面的声音和马匹的嘶鸣声在陡峭的山崖之间回响。独角兽奔跑的声音和我们马群奔跑的声音混在一起，连山都震颤起来，我们周围开始出现雪崩。好几个人从马上摔下来被雪埋没。

"快点，蠢货们，快点！"库鲁姆催促道。

我前面的那个士兵想掏出网子，但是不等他伸手，我就解开了他的鞍袋，袋子掉在地上，发出一声闷响。

"去死吧，丽娜！"他喊道，"你就等着进地牢吧。"

我不管——独角兽不该在库鲁姆的军队里过着痛苦的生活。

但是我的计谋没成功，最终独角兽被赶到山下平缓的地方。我们返回阿尔特豪斯。就在我们靠近山谷上的那座桥的时候，我看到库鲁姆的一些士兵从堡垒中骑马出来迎接我们。

独角兽们走到桥中间的时候，前面是士兵，后面也是士兵。这时发生了一些神奇的事情。它们用蹄子敲击，这座古老的石桥在我们脚下动摇起来。石子路面上出现了裂痕，桥像棵即将倾覆的老树一样不断摇晃。山谷很深，桥似乎摇摇欲坠。

队伍两端的人纷纷后退，一束粉黄两色的魔法光芒忽然凭空出现——就像我今早在山上看到的一样。独角兽在我们眼前变成了灵体。它们不再是此前我所见到的有血有肉的生物，

而是成了有魔法的云雾一样的存在。我听见一个士兵小声说起"空中游侠"的传说——冰原游侠独角兽是可以变成云的。

库鲁姆大怒，命令继续前进。但是所有人都还没来得及动一下，那些空中游侠独角兽就从桥上跳到空中，乘着风跑了。与此同时，那座桥终于垮塌，石块碎片坠入谷底。我们只能仓皇撤退，与此同时古老的石块纷纷落下，桥在我们眼前消失了。

几天后，库鲁姆依然非常愤怒，而我则被关在阿尔特豪斯一间阴冷的牢房里写这篇日记。按库鲁姆的说法，这次全是我的错。根据他的说法，我该知道独角兽的魔法。更重要的是，我应该看准机会去抓住它们，而不是扔掉士兵马鞍上的网子。

现在我被一根锁链套住脚踝锁在地牢的墙上，一同被关的还有其他几个不幸被库鲁姆怒火波及的人，我们都不可能逃得出去。

10 日，星期天——奇迹

我自由了，库鲁姆将军的统治结束了。我简直不敢相信，

74

但这就是事实。

我从牢房里看到索菲娅女王的军队到来。她察觉到库鲁姆的弱点，派自己的军队猛攻阿尔特豪斯，她的部队速战速决。我隔着牢房的铁窗看到大军到来。

大军不费吹灰之力攻破堡垒。原来库鲁姆将军的军队并不是他所吹嘘的战争机器，只是一群营养不良的士兵，没什么战斗力。索菲娅的军队获胜后，我和其他被囚禁的人都获释放，我不得不说，我真的很开心。那天之后，山谷里充满对自由的向往，谁都不肯再受库鲁姆将军的严酷统治了。

至于那些空中游侠独角兽，它们再也没有出现过。但我松了口气，因为它们逃走了，我只希望它们的魔法永存。每次我看到阳光照亮低矮的云层时，我就想起那些魔法的灵体乘着微风从空中跑过。

不管打雷闪电，不管天晴下雨，

独角兽的魔法永远所向披靡。

风暴猎手独角兽

这种独角兽可以控制天气，
风、雨、雷、电都受它们控制。

它们的角闪着金色的星光，
由石英、碧玉、蛋白石或石头构成

风暴猎手独角兽共有四种：
风暴、阳光、白雪、变色

鬃毛和尾巴
闪耀着电光

风暴猎手独角兽
代表强烈的感情，
它们有控制天气的能力

案例分析六：

李安珀和赵俊

地点：中国

时间：现代和古代

会员身份：李安珀是重要的情报来源，
赵俊则是一个有趣的神话人物

塞尔文手记：

李安珀是个上海女孩。她一度沉迷于电子游戏，
并不是很喜爱独角兽，但是后来她听说了赵俊和
风暴猎手的故事。

赵俊生活在一千年前的中国，那时候到处都充满
魔法。安珀不知道她也继承了一点点魔法……

风暴之日

雨从铅灰色的天空中落下。

李安珀看着雨水从起居室的窗户上流下来。

公园里一架空荡荡的秋千在狂风中摇晃。

"这个星期六可真有意思！"她开玩笑说。

"嗯，确实风太大了点，对吧？"她奶奶笑着来到窗边，和她站在一起。她明亮的眼睛里反射出一道闪亮，嘴边露出笑容。"我总在想，风暴也有一些有趣之处，你觉得呢？"

"想踢球的时候就不会这么想了，"安珀叹了口气，"我觉得还是去玩网络……"

她奶奶说："好吧，在你去玩之前，我给你一个东西。"安珀的奶奶从袋子里找了一下，掏出一个用纸包着的小礼物。安珀小心地打开，发现里面是一片冰冷坚硬的瓷片。瓷片上画着深蓝色的图案，是一头跳起来的独角兽的上半身，它的蹄子踩着云朵。

"谢谢奶奶，"安珀有些不解，"这是什么呢？这是……花瓶上的瓷片？"

"是的，"她奶奶回答，"但不是普通的花瓶。那个花瓶当初属于宝石郡主，现在只剩最后一块碎片了。她用那个花瓶储存了风暴猎手独角兽的魔法。"

"宝石郡主是谁？"安珀觉得很好奇，"风暴猎手独角兽又是什么？"

"我给你讲个故事吧？"她奶奶说。

安珀点点头，蜷缩进沙发里，和奶奶坐在一起。很快她就被这个故事深深吸引，忘了外面鸣笛的汽车和倾盆大雨，来到遥远的山巅一座古老神庙的屋顶。

*

在很久以前，某个富饶的山谷里坐落着一个宁静的小镇，镇子左右都是山。农民辛勤耕作，僧人在寺院里祈祷，商人在市场上讨价还价。镇上的生活很快乐。就这样，日夜交替，季节流转。

有个叫作赵俊的男孩，他每天都毫无怨言地完成母亲交给他的一切任务。他捡鸡蛋、砍柴、洗衣服、扫地。他不在家的时候，就去给铁匠当学徒。

有一年，事情突然起了变化。山谷里的初夏时节本该是晴朗凉爽的天气，结果那年却狂风大作。中午时分，天空也黑得像夜晚一样。雨在排水沟里奔涌，甚至漫到街上。闪电在空中划过——甚至劈倒了一棵老柳树。人们猜想，这个镇子是不是被诅咒了？

一个下雨的午后，赵俊眼看着邻居家的车子从街上漂过，便对妈妈说："独角兽不是一直负责照管天气吗？"

"是啊，"他妈妈回答，"风暴猎手独角兽负责控制天气。至少大家是这么说的。"

赵俊觉得古老的传说中定然有真相。他认真听过大家在田间、庙宇和市场里的闲聊。大家谈论起郡主，都说她贪图财富，贪得无厌到了极点，也许她和这种反常的天气有关。她住在山边的宫殿里，有传闻说她最近抓住了四匹美丽的骏马，那些马匹有着神奇的力量。

赵俊很想知道这传闻是否属实，于是决定亲自去看看。第二天，他拿起自己的铁匠工具，爬上山来到郡主的宫殿。他到了宫殿门口，对卫兵说自己听说郡主得到了神奇的好马，所以特意来给马钉纯银马掌。卫兵也知道郡主喜欢有人来送礼，她肯定会高兴，于是就让这位年轻的铁匠学徒进去了。

他被带到一个小牧场，牧场周围是高高的围墙，而且还被

一层层屏障遮着，那些屏障都是用木头做成框架，上面贴着半透明的纸。牧场中间的草地上躺着四头非常美丽的动物——不是马，而是独角兽——它们一头是灰色，一头是亮黄色，一头是纯白色，还有一头随着微风吹拂不断变换色彩。这些独角兽虽然美丽，却似乎非常悲伤。其中一头慢慢地嚼着干草，另一头则无精打采地看着赵俊，然后又把头靠在地上。

"这些一定是风暴猎手，"赵俊惊讶地说，"黄色那头是阳光独角兽，灰色的是风暴，白色的是白雪，灰白的那头是变色独角兽。怪不得天气变得如此混乱。"

"是的，孩子。"他身后一个声音说。赵俊吓了一跳，转过身来。站在他面前的正是郡主，全身披挂着金银珠宝。"你在干什么？"她说，"你为什么站在我家里？"

赵俊冷静下来，深吸一口气，然后勇敢地回答："我听说这些是独角兽，所以想来给它们钉上新的马掌。但是我看它们根本不配叫独角兽，它们的魔法在哪里？为什么它们不像传说里讲的一样嬉戏玩耍？独角兽嬉戏玩耍才能让天气维持正常吧？怪不得天气变得奇怪了。"

郡主冷笑一声："它们的魔法现在是我的了。"她带领赵俊进入一个小凹室，里面充满了苦涩的气味。一个大花瓶放在屋子一角，花瓶上装饰着复杂的纹样。花瓶上包覆着一缕缕咝咝作响的蓝色能量纹，金色的火花倾泻而出。

赵俊立刻明白了，郡主是女巫，山谷里的灾难全是她一手造成的。她偷走了风暴猎手的魔法，于是洪水、风暴和热浪席卷了小镇。独角兽遇到了巨大的危险——没有了魔法，它们就会一蹶不振，最终死去。

他勇敢地说："把花瓶给我，不然山谷就会一直受到侵害。"

郡主又笑了，那声音像冰封的山顶一样冰冷刺耳。"给你花瓶？你可真有意思。我为什么要给你？"

赵俊料到她会这样问，早就想好了回答："为了银子，郡主。"他赶紧打开背包，露出里头闪亮的金属。郡主向来贪财，便俯身去看。赵俊赶紧把包合上，没让她看清楚。他不希望对方发现包里闪亮的东西其实只是日常的打铁工具。

郡主再一次笑了，那声音比白雪独角兽走过之后留下的冰柱还要冷。

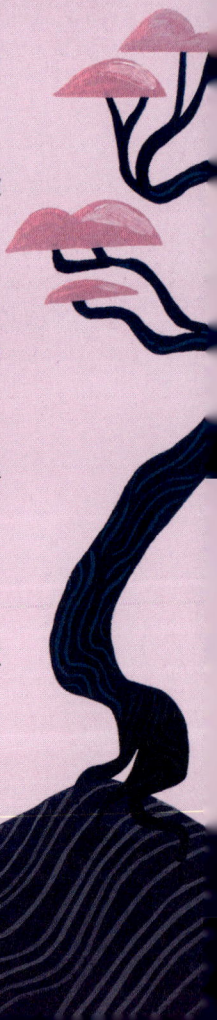

"好吧，有了银子还要陶瓷做什么呢？"她说话时珠宝也叮当作响，"我问你一个谜语，你答出来了，花瓶就归你。"

"答不出呢？"赵俊问。

"那我就拿走你的银子，让你永远当我的仆人，独角兽也永远在我家里。"

赵俊颤抖了一下，他知道自己必须勇敢。"是什么谜语？"

"很好。"郡主说，"我可能是叉子，但绝不是刀子。我可能连成片，但绝不会垒成堆。我说话后很久你才能听见我的声音。我是什么？"

可怜的赵俊觉得自己脑子比赌徒的钱包还要空。他绞尽脑汁思考，但什么都没想出来。绝望中，他看着那些独角兽，在风暴独角兽的眼睛深处看到了一道闪光，是希望的光芒，是一丝……

"闪电！"他恍然大悟，喊道，"闪电是分叉的，也可以连成片，只有在闪电'说话'之后很久才能听见雷的'声音'。"

郡主尖叫一声，那声音响彻庭院，花瓶被震碎，成了无数碎片。魔法从中溢出，回流到风暴猎手独角兽身上。它们跳起来摇动鬃毛，骄傲又矫健地站着。风暴独角兽后腿直立，重重地用前蹄敲打地面，发出一阵雷霆，城堡的围墙就这样倒塌了。

赵俊高兴地看着独角兽跑回野外。它们顺着山坡跑过，越来越接近山顶，仍在不断奔跑。渐渐地，它们钻进了一大块白云里……然后就消失不见了。

"哇！"赵俊惊叹不已。

郡主已经无影无踪了。随着她的城堡轰然倒塌，作为一个被凡人打败的女巫，她逃进某个阴暗地带躲了起来。赵俊带走了一块花瓶的碎片，作为这段经历的见证。四下里阳光普照，他回到家里，享受着太阳的温暖……

*

"现在这块碎片是你的了，"安珀的奶奶讲完了故事，"这是我们家世代流传的宝贝。"

安珀紧紧地握着它。"这么说，那个古老的瓷花瓶里装着独角兽的魔法？现在魔法全都回到它们身上了？"

"基本上全都回到独角兽身上了。"她奶奶说。

"基本上？"安珀问。

"我们试试看吧，"她双手合拢，握住那块瓷片，"很遗憾今天你只能待在家里，因为下暴雨了。但我觉得也许可以让天气变好一点，风暴猎手是不会介意的。"

她弯下腰小声说了几句像是咒语的话。这时候鼓点一样的声音从天上传来，像是大雨落在屋顶，又像是有蹄动物跑过。

"奶奶，看哪！"安珀喊道。

外面的天空放晴了，太阳出来了。

她奶奶也笑起来。"我就觉得还剩下一点点魔法嘛。"

山地宝石独角兽和
沙漠火焰独角兽

山地宝石独角兽非常强韧，寿命极长。

沙漠火焰独角兽速度极快，还能飞翔。

山地宝石独角兽的角
由珊瑚或蛋白石构成

山地宝石独角兽
强壮又忠诚，
沙漠火焰独角兽
则会帮助有需要的人

沙漠火焰独角兽的角
呈螺旋形，由青铜构成

案例分析七：

爱德华·兰德

地点：尼泊尔喜马拉雅山南麓

时间：现代

会员身份：学会主席秘书、研究员、探险家

塞尔文手记：

爱德华·兰德一直都是学会成员。他成长在英国乡村，从家族图书馆中学习了各种有关独角兽的传说。

他后来一路晋升，成了魔法独角兽学会主席（我！）的秘书。我派他去调查喜马拉雅山一带的独角兽目击事件，结果他遇到了我们根本没有想到的事情。他的故事如下，是由本人亲自讲述的。

七大独角兽家族的聚会

371 号报告——机密文件

来自伦敦总部的爱德华·兰德

过去五六十年来，学会收到数起金独角兽的目击报告。但是我们一直没有找到决定性证据，对于这些传说，学会向来是很谨慎的。

毕竟人们通常认为，金独角兽和银独角兽的故事就只是个故事而已。这个故事在学会中流传了数百年，却无法证明这些独角兽真实存在。

但是目击事件越来越多，魔法独角兽学会决定调查。作为主席秘书，我很幸运地接受了这份工作。此次考察的各种惊人发现和背景细节我都写在报告中发送给学会各位了。我的见闻会永远改变我们对独角兽的认知。

*

我是从魔法独角兽学会伦敦总部的大图书馆里开始研究的。那里有数千本书、无数剪报和蒙尘的旧文件，我从中找到了关于一对双胞胎的记录，他们叫作汉娜·阿尔松和雅各布·阿尔松。上世纪只有为数不多的金独角兽目击报告，他们是最早的两位。

他们遇到独角兽时还是小孩，现在已经老了。然而，当我想方设法最终找到他们的时候，他们依然清清楚楚地记得当时的情景。他们是在挪威看到了金独角兽，不过在东欧和中亚也有人看到。更令人激动的是，这些人看到金独角兽和银独角兽在一起。如果这些人的叙述可信——各种证据显示他们确实没有撒谎——传说中的金独角兽和银独角兽又回到这个世界上了。

*

我的祖先中有很多人目击过或者追踪过独角兽。我母亲是英格兰第一个发现并记录了丛林之花独角兽的人。我的曾祖母是第一个区分不同种类独角兽蹄印的人——比如说她发现山地宝石独角兽蹄印内部是个三角形，而沙漠火焰独角兽则是火焰形的。

我的家人跟我说过很多他们遇见独角兽的故事，我真的很想追随他们的脚步。我小时候常常花费好几个小时探索自家附近的丛林，假装自己在追踪独角兽。有一次我找到了一个獾的洞穴，还有一次发现了豪猪的巢穴——虽然不是长着金黄色鬃毛的风暴猎手独角兽，但也是很不错的练习。

我长大后就去了魔法独角兽学会工作。最初几年我的工作只是给年长的研究员泡茶、跑腿。后来我终于可以自己去探险了——这真是激动人心的任务。

喜马拉雅山脚下发现过很多种独角兽，包括山地宝石和沙漠火焰。山地宝石独角兽出现在那里是很正常的，毕竟它们就喜欢那种地形。山地宝石是很坚强的动物，它们可以在极低的温度和冰冷的寒风中生存。可是沙漠火焰却很少在寒冷地区生活。它们喜欢温暖地区，正如它们的名字所示，它们生活在沙漠中。事实上它们也很少一起活动，学会遂决定对此做进一步研究。

幸运的是我被选中去调查这一奇怪事件，同时还要调查那一地区目击金独角兽的事件。我收拾起行李和野外考察工具，带着一些不安踏上了旅途。

*

我到达尼泊尔的时候，遇到了一个当地向导，他给我指了一条正确的路。他名叫伊迈，是当地魔法独角兽学会分部的主任。他很熟悉山地宝石独角兽，知道最佳观察位置。目击沙漠火焰独角兽的消息也是他发送给总部的。他眼神柔和，充满智慧，还留着整洁的长胡子。我们在公共场合见面的时候，他表现得冷静又礼貌，但是我们在私下的时候，没有好奇的人四处打探，也没有好事者偷听我们谈话的时候，他就变得很有激情。

"我的朋友，"他说道，"我看到的不只是山地宝石和沙漠火焰。我发誓——在过去几个星期里，我在这个村子里看到了所有种类的独角兽。现如今还没有哪个人见到过如此多种类的独角兽！"

"它们为什么聚集在这里？"我忍不住大声问。

"这个嘛，"伊迈说，"也许是在一起施展魔法。它们毕竟是独角兽……"

得知这个消息我激动不已。我知道，目击金独角兽之后又过了这么多年，现在我遇到了历史性的一刻。两种独角兽见面也不算大事，七大家族的独角兽齐聚一堂？这真是闻所未闻。

次日早晨我就沿着伊迈指的那条路出发了。我在岩石之间艰难跋涉，没过多久，我就看到了山地宝石独角兽在山坡上行走。它们长长的角和健壮的体型让它们在多山石的陡坡上如履平地。有些独角兽看到了我，但是一点也不慌张。它们允许我同行，我甚至摸到了一头独角兽的鬃毛。但是当山路变得难走时，它们就丢下我远去了。我快要追上它们的时候，山路突然被一条巨大的瀑布截断。我也不知道它们去了哪里。

我只能坐着等，希望它们能回来。我搭了个帐篷，弄了些吃的，让自己待得舒服些。就在我昏昏欲睡的时候，忽然觉得旁边有什么东西。是一头丛林之花独角兽——它显然离家万里。我不知道它跑到这遥远的山区来做什么，但我知道伊迈说的是真的——不止一种独角兽到这里来了。

丛林之花走近了，似乎想吃我的食物，我就说:"请自便吧。"但是它没有留在我身边，而是很快又上路了。这一次，我不能再让独角兽离开我的视线了。我跳起来，迅速熄灭了篝火，跟着它走进瀑布中。

独角兽走进雷鸣般的瀑布水流中，神奇的是，它没有停下脚步，而是直接穿过其中的旋涡和一级一级倾泻而下的流水，很快就没了踪影。

我做了优秀的独角兽追踪者该做的事情——毫不犹豫地跟了上去。

*

我走进瀑布，把手伸进水流里。水里闪耀着金色和银色的光芒，当我把手缩回来的时候，手完全是干的。我深吸一口气，冒险走上前，踏入奔涌的水中，金银两色的光芒模糊了我的视野。

我到达瀑布另一边的时候，进入了一个魔法天地——我只能这么形容——这里满是独角兽。有冰原游侠、丛林之花、沙漠火焰、水中明月，每一种都是不远万里而来的。这情景让我想起我在某份旧文件里看到的内容，那是从魔法独角兽学会的档案馆里找到的东西。根据文件描述，各个家族的独角兽聚在一起，是为了恢复自己的魔法。我觉得自己很可能是偶然闯入了这样的仪式。伊

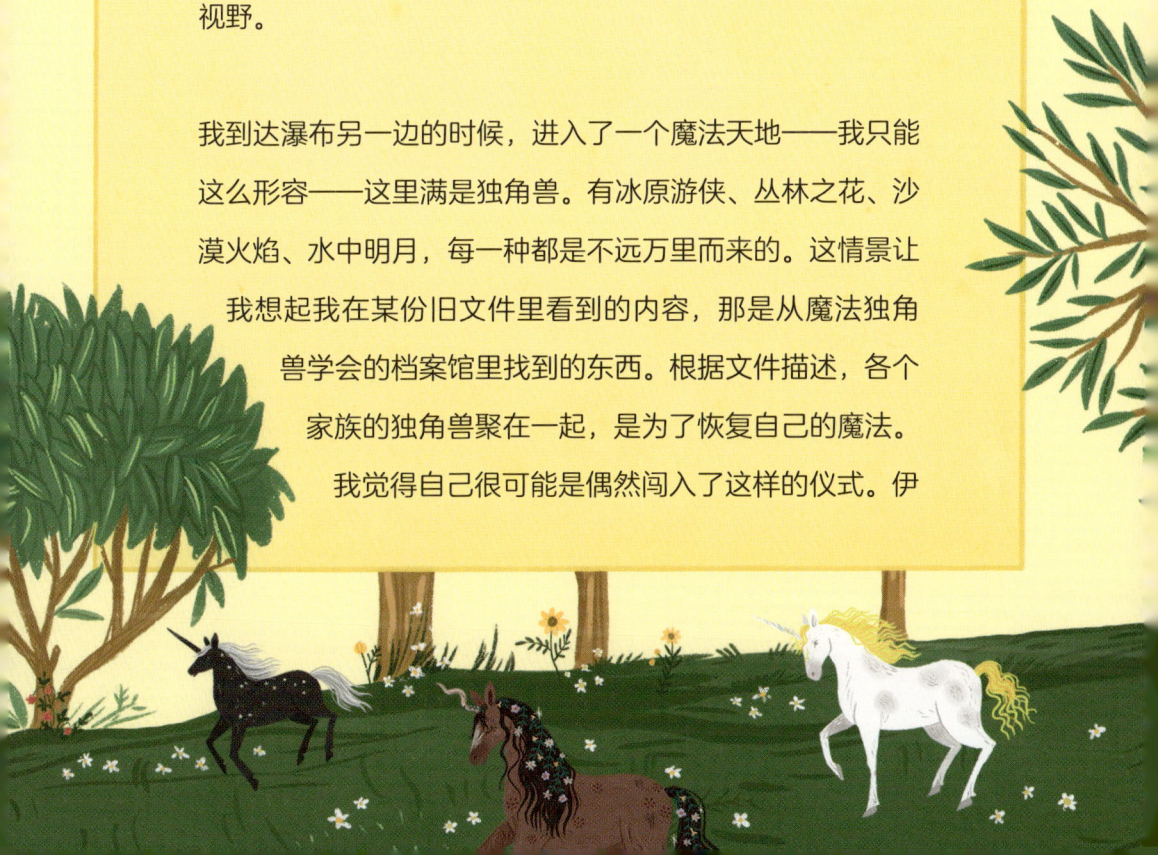

迈说得对——很多独角兽聚集在同一个地方，说明此地在发生一些和魔法有关的事情。

我看到了金独角兽和银独角兽——这两种独角兽我从未亲眼看过。它们不耐烦地走着，似乎责备其他独角兽姗姗来迟。

独角兽们互相轻碰对方的角并敲敲蹄子，算是打招呼。天空中一道闪电划过，这是风暴猎手的问候。冰原游侠放出粉色和黄色的光芒，好像极光一样回应着闪电。

终于，寒暄结束，金独角兽和银独角兽开始主持聚会。它们环绕着这个特殊的独角兽族群转了个圈。山间的光芒逐渐消退，天空变成了粉紫色。太阳沉入地平线以下，金独角兽和银独角兽低下了头。它们的角碰到地面时，地上就冒出魔法的火花。其他独角兽迅速模仿它们的动作。

魔法从天上倾泻而下，状如明亮的闪光和五彩的云朵。沙漠火焰明亮的鬃毛闪耀着光辉，暗夜之影蹄子上的星光也越发明亮。它们都闪耀着一种特殊的魔法之光，仿佛魔力被又一次增强了。

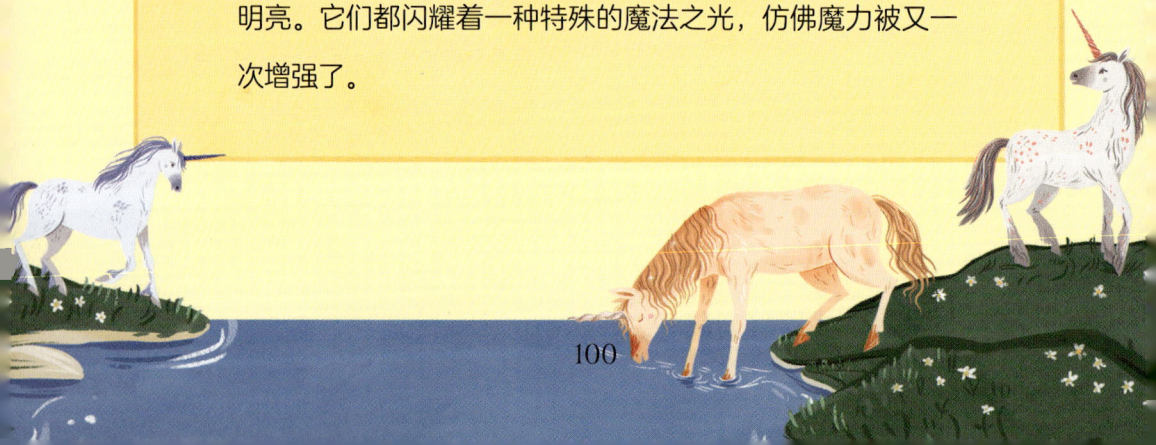

这神奇的景象持续了几分钟就平静下去。火花熄灭，闪光也暗淡了。然后更加令人难以置信的事情发生了——又一头独角兽，一个我从未见过的品种，从我身后的瀑布中走了出来。它有着深蓝色的鬃毛，鬃毛末端是粉色的，明黄色的角是某种宝石构成的。这是一种全新的独角兽，是所有独角兽家族齐聚一堂，汇聚所有魔力创造出来的。在魔法独角兽学会历史上，这是从未被记录过，甚至从未有人听说过的品种。

我惊呆了。每个家族的独角兽都在迎接新同伴加入它们这个特殊的群体。它们低头致意，再一次用长角触碰地面。

过了一会儿，它们再次穿过瀑布回到真实世界。我立马跟上，整个晚上一直跟随着这头新出现的独角兽，并尽可能记录下关于它的情报。我最后一次看到这头奇特的动物时，太阳正好升上地平线。

我写下这篇报道，好让学会所有人都知道世界上有了一种全新的独角兽：我建议将它命名为"晨曦精灵"。

在湍急的魔法瀑布之下，

一种新的独角兽诞生了……

晨曦精灵独角兽

晨曦精灵独角兽代表着希望、幸福和新的开始。

它们也能将希望带给最需要的人。

晨曦精灵独角兽
可以生活在炎热
或寒冷的气候里

它们的角
由黄色的钻石构成

它们的鬃毛呈现出
晨曦般的色彩

案例分析八：

克洛伊·杜朗

地点：法国布列塔尼

时间：现代

会员身份：见过第八种独角兽的最年轻的会员

塞尔文手记：

我听说出现了一种新的独角兽，就决定去深入调查一番。不过，在爱德华·兰德之外，其实是一个名叫克洛伊·杜朗的少女首次真正遇到了晨曦精灵独角兽。

她住在布列塔尼，那是法国西北部沿海的一个地区。她十一岁的时候遇到了晨曦精灵。

克洛伊现在是世界范围内研究晨曦精灵独角兽的首席专家。我们整个魔法独角兽学会都受惠于她的帮助。

崭新的黎明

清晨，克洛伊最喜欢在这个时候去海滩。

一群海豹在空旷的沙滩上晒太阳，

海鹦停在防波堤尽头的灯塔上，

吵闹的海鸥在空中盘旋。

在地平线上，太阳刚刚从大西洋中升起来。

克洛伊望着大海，希望玛蒂尔德也能看到这片风景，可是她的老朋友在巴黎，克洛伊和她妈妈几个星期之前刚离开了那座城市。她觉得很孤独。在星期六早晨，玛蒂尔德很可能在公园里玩，也可能去市场买点心了。

克洛伊叹了口气站起来，把衬衣上的沙子抖掉。她沿着海岸往前走，看到一些鸟在潮湿的沙子里觅食，沙滩上还有人早起骑马经过时留下的马蹄印。克洛伊朝着岩石池塘走去，一路寻找贝壳和海洋生物。

"嗨！"一个女孩的声音突然从身后传来。克洛伊一转身，看到学校里的女孩奥蕾丽。"我们刚好想到一起了。来看看我找到了什么。"

"哇，"克洛伊越过湿滑的岩石，看到海星正趴在岩石上，"真是个漂亮的池塘。"

"对吧？"奥蕾丽说，"来，我们看看能找到什么。"她们俩一起在沙滩上搜寻，找到在碎石之间跑动的螃蟹以及在石缝里游动的小鱼。克洛伊惊讶地发现，和奥蕾丽说话很有趣，她们都很喜欢动物。

"这是什么？"克洛伊举起一个螺旋状的贝壳问。那东西有一簇小腿在不停地扑腾，然后突然缩了回去。

"是寄居蟹。"奥蕾丽说，"要是这个壳太小了，它们就去找新的废弃贝壳搬进去住。"

"也许它们该老实待着，"克洛伊说着把寄居蟹放回去，"就不该到处走动。"

"你为什么离开巴黎？"奥蕾丽问。

"我妈妈是个兽医，"克洛伊解释道，"贝尔纳医生退休了，我妈妈就来这里接替他的工作。"

"你想念城市生活吗？"奥蕾丽问。

克洛伊点点头："和这里很不一样……"

奥蕾丽失落地说道："你不喜欢这里？"

"我喜欢沙滩和动物。"克洛伊觉得这么说不太好。然后她又说："薄饼店的薄饼也不错。"

"我最喜欢加巧克力酱的。"奥蕾丽笑着说，"走，我们爬上沙丘看看。我知道一个适合观鸟的好地方。"

她们来到沙丘处，克洛伊忽然听见一些声音。但不是海鸥的尖叫——而是某种嘶鸣。她突然想起了沙滩上那些蹄印。

"你听见了吗？"她问奥蕾丽。两个女孩循着那声音跑上沙丘。

"看！"克洛伊指向远处。高高的草丛里闪烁着微弱的黄光。

她们走近之后，克洛伊惊叹不已。在那边的山地上卧着一匹淡蓝色的马。它的鬃毛和尾巴是深蓝色的，但毛发末端却是粉红色的。它的头上长着一只明黄色的角。

奥蕾丽抓住克洛伊的胳膊。"那到底是什么？"

"我觉得应该是独角兽。"克洛伊惶恐地回答。

那个生物发出可怜的嘶鸣。

"它究竟是从哪里来的呢？"克洛伊小声说。这时候她忽然注意到它的腿。"它受伤了。"

"啊，糟了！"奥蕾丽说。她看到独角兽眼睛里充满痛苦，腿上有一道很深的伤口，沙子上还有血。

"来，"克洛伊说，"妈妈知道该怎么办。"

奥蕾丽放下篮子，她们跑过沙地来到沙滩边缘克洛伊的家。房子后面有个老旧的马厩以及她妈妈的兽医手术室。

"妈妈！"克洛伊大声喊着冲进手术室，"快来！我们发现了一头受伤的动物。"

克洛伊的妈妈什么都没问，拿起医药包就跟她们出去了。克洛伊预感到今天早晨会很不一般——她在巴黎从没见过独角兽。

克洛伊的妈妈看到沙滩上的那头神奇动物时，不禁惊呼："哎呀！我从没见过这一种呢。"

克洛伊惊讶地看着妈妈，说道："你是说，你之前见过独角兽？"

她妈妈点点头："我晚点再解释吧。首先，我们要帮助它。"

独角兽发出痛苦的鸣叫。

"肯定是在岩石上撞伤了腿。"克洛伊的妈妈边说边检查伤口。

"你能治好它吗？"奥蕾丽问。

"是的，但是我需要你们俩帮忙。一般的药对独角兽没用。我需要你们去找点海草——要尽快。"

女孩们迅速朝沙滩跑去。奥蕾丽之前收集了很多贝壳，装在她的篮子里。现在她们把贝壳捡出去，装上各种的水草：有光滑的绿色海意面，冒着泡泡的黄色墨角藻，一团一团的暗红色爱尔兰藓。在爬上岩石的时候，克洛伊的腿像那头独角兽一样划伤了。她疼得叫起来，但是她明白自己必须帮助那头魔法生物，所以继续往前走。克洛伊和奥蕾丽一起拎着那个沉重的篮子，重新爬上山丘。

"谢谢。"克洛伊的妈妈说。她把海草碾碎，轻轻地糊在独角兽受伤的腿上。"这样就不会感染，避免肿起来。"

"别担心，"克洛伊在独角兽耳边轻声说道，"不管你从哪里来，我们都会把你治好的。"

克洛伊的妈妈看了看天空，太阳升得更高了。"我们必须赶在沙滩上人群聚集之前把独角兽移到别的地方。"

克洛伊四下看了看，一些遛狗的人朝沙丘上走来。要是他们看到了独角兽，天知道会做些什么。在克洛伊、克洛伊的妈妈和奥蕾丽的鼓励下，独角兽站了起来，他们一起走过一小段路程，回到了克洛伊的家里。

她们带独角兽回到马厩，独角兽便倒在了干草铺的床铺上，很快就睡着了。

"我要去打个电话。"克洛伊的母亲很快离开了马厩。

"这是真的吗？"奥蕾丽问克洛伊。

克洛伊低头看着独角兽。作为一种不该存在的生物，它看起来非常真实。

克洛伊的妈妈回来后解释道："我还很小的时候，全家去滑雪，当时我遇到了一头山地宝石独角兽。此后我就喜欢上了独角兽，这也是我成为兽医的原因之一。我为魔法独角兽学会工作多年，无论何时何地，只要他们需要，我就去为他们工作。我们之所以搬家，一部分原因是，有传闻说有一种新的独角兽出现在海滩上，现在我们知道了，传闻属实。"

克洛伊和奥蕾丽惊讶地交换着眼神。

"我在学会总部的联系人说,这种独角兽是很罕见的晨曦精灵。它们是一种全新的独角兽家族,它们的魔法是赋予新的希望。"

"我知道我希望的是什么,"奥蕾丽说,"我希望它好起来!希望能治好你的腿,克洛伊。"

克洛伊笑着表示同意。

"你们两个去摘点剪秋罗吧,"克洛伊的妈妈说,"吃点剪秋罗能让它恢复力量。"

女孩们沿着围墙走,摘了好些野花。她们回到马厩的时候,把那些花给独角兽吃。独角兽的嘴唇蹭着克洛伊的手掌,她忍不住笑起来。那一整天时间,奥蕾丽都和克洛伊在一起。她们一起照顾独角兽,喂它花朵,给它换伤口敷料。傍晚时,独角兽已经好多了。它腿上的伤开始愈合,明亮的眼睛里没有了痛苦,犄角则闪耀着健康的光彩。到了奥蕾丽该回家的时候,克洛伊向这位新朋友道别。

"明天天亮之前再来，"克洛伊的妈妈说，"你们两个可以一起送晨曦精灵离开。"

*

次日早晨，两个女孩带着独角兽穿过花园来到沙滩上，太阳刚刚升上地平线。克洛伊摸了摸它的鬃毛，默默许了个愿。金色的魔法从它的角上闪过，在女孩们身边旋转。克洛伊觉得自己的腿伤立刻愈合了。

"哇，这可不是每天都能遇到的。"奥蕾丽笑着说。

"可不是吗！"克洛伊也笑了，她知道自己交到了新朋友。

她回家的时候，妈妈说："你猜发生什么了？我接到玛蒂尔德妈妈的邮件，她们假期的时候会过来。"

克洛伊笑起来。晨曦精灵帮她实现了见到老朋友的愿望。但独角兽做的可不只这些——它还帮克洛伊交到了新朋友！

独角兽和你

每个人都有独特的性格，
我们会被不同种类的独角兽吸引。
来看看哪种独角兽最能代表你的性格，
再在接下来的两页里找到详细的解释。

找时间和他们聊天，讲笑话让他们开心起来。笑声是最好的药。

一个充满音乐声的迪斯科舞厅，室内有闪光球，有蛋糕，还有各式各样的游戏。

其中有客人有些不安，你会怎么做？

把他们拉到舞池里，让他们动起来。舞蹈会让一切都好起来。

开始

你最想要什么样的生日派对？

你自告奋勇。你喜欢率领众人攀岩。

户外活动，可以攀岩、划独木舟，还能野营。

你的朋友们需要一个领队，你该怎么办？

有人愿意当领队，你很高兴，只要大家开心就好。

你决定把派对转移到户外举办。去哪里好呢?

去大树林里散步,欣赏美丽的花和动物。

丛林之花

在海滩上生一堆篝火,烤棉花糖。

晨曦精灵

派对结束时还有个大惊喜。会是什么惊喜呢?

巨型充气城堡——每个人都能蹦跳玩耍。

风暴猎手

卡拉 OK 机——大家都可以尽情歌唱。

沙漠火焰

可以去河里漂流。你喜欢哪种方式?

单人皮划艇。很容易控制。

冰原游侠

和朋友们一起乘坐大木筏。需要团队合作。

山地宝石

大家决定露营过夜。你会做些什么?

你搭好了帐篷——你真是个务实的人。

水中明月

你负责装饰,让帐篷既漂亮又舒适。

暗夜之影

水中明月

元素：水

特点：乐于助人、聪明、头脑开阔

标志：新月

颜色：亮玳瑁色

暗夜之影

元素：气

特点：有创造力、敏感、爱幻想

标志：星星

颜色：午夜黑

丛林之花

元素：土

特点：温柔、善良、友好

标志：玫瑰

颜色：苍苔绿

冰原游侠

元素：水

特点：勇敢、强壮、独立

标志：雪花

颜色：雪花白

风暴猎手

元素：火

特点：自信、有力、有表演天赋

标志：闪电

颜色：电光黄

山地宝石

元素：土

特点：忠诚、强壮、坚韧

标志：钻石

颜色：火焰橙

沙漠火焰

元素：火

特点：热情、聪明、诚实

标志：火焰

颜色：宝石红

晨曦精灵

元素：气

特点：关心他人、心思细腻、乐观

标志：太阳

颜色：日出粉

加入
魔法独角兽学会

亲爱的读者，现在就由你来继续魔法独角兽学会的伟大工作吧。如你所见，任何人都有可能遇见独角兽——通常是在无意之间遇到的。

所以为什么不成为魔法独角兽学会的会员呢？第一步是牢记学会的誓言：

以山地宝石的魔力、

丛林之花的善良、

沙漠火焰的速度发誓，

以蹄子、长角和力量发誓：

我一定严守秘密，

护佑独角兽家族的安全；

我如今骄傲地成为

魔法独角兽学会的一员！

然后登录我们的网站，按照提示操作：

www.magicalunicornsociety.co.uk

#MagicalUnicornSociety

记住，你只需要一直注意观察，耳朵保持警觉，就能发现独角兽了。

祝你好运，早日发现独角兽！